진도추천

아홉
시집

진도
추천

Jindo's Autumnal Tints

이종호

북산

지난해 2월 첫 시집 「여루사탕」과 올해 5월 두 번째 시집 「알껍다구」를 세상 밖으로 내보여 많은 독자들로부터 사랑을 듬뿍 받아 정말 행복했습니다. 매일 아침 눈을 뜨면 여명의 하늘을 볼 수 있음에 감사드리고 모든 이에게 공평하게 주어진 일력을 넘겨가고 있습니다.

그리고 행복하게도 날마다 예쁘게 펼쳐지는 수려한 진도의 가을 하늘, 낙조, 구름, 바다 등을 보고 느꼈던 감정을 수시로 메모장에 적어둬, 어느새 세 번째 시집 「진도추천(珍島秋天)」을 선보이게 되었습니다.

이 시집에는 고향 진도에 30여 년 살면서도 최근에서야 알게 돼 무척 부끄럽지만 아주 소중한 것들을 이제라도 많은 이들에게 알려야 할 책무감으로 진도벽파진 이충무공전첩비, 세한도의 집념, 꿈이로다 화연일세 등 숨은 보석들을 담아 보았습니다.

또한, 우리가 살아 있는 한 4·16은 평생 지울 수 없는 슬픈 그날이 되어 버렸는데 제4부 '녹슨 냉장고'를 잊지 않았으면 하는 바램입니다. 우리는 팔팔 끓다 바로 식는 양은 냄비처럼, 내 일이 아니면 너무 쉽게 빨리 잊어버리고 아예 생각하기조차도 귀찮아하는 습성 때문에 피눈물 나는 고통을 겪는 많은 이들의 심정을 헤아릴 수 없는 듯 합니다.

아무쪼록 시집 「진도추천」이 희망찬 아침 햇살을 받도록 격려해 주신 소중한 분들께 감사 말씀 올립니다. 특히 외국인들이 쉽게 이해할 수 있도록 번역에 정성을 쏟아 주신 Jennifer chung님께 감사 인사드립니다.

여러분! 사랑합니다.

2015년 12월 겨울바다에서

아홍 이종호

시인의말

1부
진도추천

마법사

햇님사랑
바람따라
구른대로
달라지네

고래거니
봉황새라
양털갈이
황룡나네

아침에는
해좋으로
꽃단장해
보러가네

저녁에도
해에반해
홍시숯재
담요피네

세한도의 집념

19세기 예산 출신
추사체 창시자
추사 김정희 선생의 세한도

20세기 진도 출신
소전체 창시자
소전 손재형 선생 있었기에
국보 180호 되었다네

태평양전쟁 통에도
추사의 영혼을 되찾고자
바다 건너 물어물어
소장가 후지즈카에게
애걸복걸 여섯 달 매달려
그의 집념에 반해서
선물로 주었다네

"선비가 아끼던 것을 값으로 따질 수 없으니
어떤 보상도 받지 않겠다. 대신 잘 보존만 해달라"

찬바람 치는 추운 시한에
소나무와 잣나무 그늘에
인기척 없는 집 쓸쓸하구나

푸르름은 그때나 지금이나
늘 고독한가 보다

벽파진 이충무공전첩비

혈세로 세워진 것 아니라 더 멋져 보이구나

먹고 살기 어려웠던 1956년 11월에
진도군민들 고쟁이 성금 한 푼 두 푼 모아
이충무공의 벽파해전, 명량대첩 기리고자
산더미 같은 넓적 바우 꼭대기 자체에 거북이 깎아 쓰다듬고
노산 이은상 선생 가슴 뭉클한 시를 그려
소전 손재형 선생 소전체로 수놓아 용비 11m 높이 세웠다네

민족 성웅 이순신 장군은 삼도수군통제사 명을 받고
정유년(1597년) 음력 8월 29일 벽파진에 당도해 16일간
머물며 우리 전선 12척으로 왜선 330척 수장 전략 골몰해
이레 동안 비바람을 맞아가며 승전 물때 기다렸다네
9월 7일, 벽파해전 왜선 13척 격파하고
9월 9일, 벽파바다 낯선 배 수상히 여겨
9월 15일, 우수영으로 진을 밤새 옮기어
9월 16일, 녹진 명량 울돌목 기적 이루었다네

지금도 진도 벽파진과 울돌목에는
이천구, 김수생, 김성진, 하수평, 박 헌,
박희령, 박후령, 박인복, 양응지, 양계원,
조 탁, 조응양, 조명신 등 13인 의사(義士)와
수많은 민초들의 넋이 호국의 신(神) 되어
우리 조선 살렸으니 진도민의 영원한 자랑이네

푸른 벽파바다, 어제 오늘 내일도 울돌목으로……

Byeokpajin Lee Sunshin

In our past there are some amazing stories.

In November of 1956, when life was hard
The citizens of Jindo scraped together donations bit by bit
in order to commemorate Lee Choong – mu – gong (General Lee
Sun – Shin)' s Sea Battle of Byeokpa and the Battle of MyeongNyang
They chiseled a giant turtle on the peak of a mountainous boulder
and on this turtle they carved No – San Lee Eunsang' s heartfelt
poem.
So – jeon Son Jaehyeong erected an 11 meter tall tombstone.

The people' s Great Admiral Lee Sunshin received orders from the
Navy Headquarters of three provinces.
So on August 29th of 1597, based on the lunar calendar,over the
course of 16 days
Our 12 vessels over came Japan' s 330 vessels in an impressive
show of strategy.
All the while our troops endured rain as they awaited victory.
On September 7th,13 Japanese vessels were destroyed in the Battle
of Byeokpa.

On September 9th Lee Sunshin became suspicious of strange vessels on the Byeokpa Ocean.

So, on September 15th in the dark of night, he moved his forces to Woosooyeong.

Then, on September 16th, the miracle of Nokjin~Myeongnyang Wooldolmok took place.

(At Myeongnyang Wooldolmok, there are very strong currents that only the Korean soldiers knew about. They used this knowledge to defeat the Japanese Navy.)

Even now at Jindo's Byeokpa－jin and Wooldol－mok

Lee Cheongu, Kim Susaeng, Kim Seongjin, Ha Supyeong, Park Heon, Park Heeryeong, Park Huryeong, Park Inbok, Yang, Eungji, Yang Gyea－won, Jo Tak, Jo Eung－yang, Jo Myeong－shin; these thirteen martyrs have become like patriotic gods for the people of Korea

We are eternally grateful to the people of Jindo, for it was them who saved us.

Blue Byeokpa Ocean, yesterday, today, and tomorrow; to Wooldolmok⋯.

햅쌀

고야리 다랭이논 서 마지기
오뉴월 어린모들 쑥쑥 자라
다섯 달만에 큰 어른 돼서
노랑물 들이고 꾸벅 인사하네

가실 햇살에 더욱 눈부신 황금 들녘
꼬브랑 장화발 논두렁 따라 콤바인 쓱쓱
열댓 번 돌고 도니 삼각형 볏님 끝내 사라져서
논배미 시방 썰렁하고 트럭 한 차 묵직하네

건조기 뜨건 바람으로
하루 낮밤 깡깡 몰려
상만 방앗간 들러서
노랑 옷 싹싹 벗어브니
물광 잘 낸 백구두랄까
파란 끈 달린 새 옷으로
똥똥하게 단장하고

20

저울 바로 올라타니 이십 킬로네

올해도 택배차 띵똥하니
새하얀 쌀가마니 싱긋 반기네
허리 굽은 엄니는 아직
남은 묵은 쌀 혼자 드실 텐데
못난 자식 햅쌀 먼저 주셨구나

애들아!
밥티 하나 냄겨도 큰 벌 받는다
쌀은 진도 느그 할마니의 땀방울이야
알았제!

진도 오색미

우리나라 찹쌀 작물
최고 명인 신지식인
농사꾼이 누구시다요
진도 지산면 앵무동
미수(米首) 채기송 올시다

오색미는 뭔색이다요
백미 쌀밥이요
녹미 미나리
황미 콩나물
흑미 간장이고
홍미 김치랄까요

어째서 좋다요
황홀한 진도낙조에 몸 담가
오방색 물든 찹쌀밥인께
절로 오복 들어오지라

독립투사 큰바위 얼굴

풀숲에 수억만 년 가려 있어
흔해 빠진 바우독으로 보았지
진도개 방사장 짓는다고
당신 가려진 얼굴 조심히 다듬었지
뜻밖에 남서향 팽목항 바라보고
무언가 호령하듯 나타났지
거짓에 가려져 있는 이 세상
더 이상 가만히 볼 수 없어
억겁의 세월 박차고 나왔지
꺼져가는 우리나라 살리려는
천지신명의 외침소리인가
그대는 장엄한 독립투사 큰바위 얼굴

진도추천(珍島秋天)

동틀 녘엔
쪽빛 바다
흰 거품 파도
잿빛 뻘 물
아리랑 쓰리랑
얼씨구 춤춘다

해질 녘엔
파란 대파
황금빛 울금
물렁 홍시
강강 술~래
절씨구 뒹군다

*전남 진도는 섬이라는 독특성과 함께 진도민속문화 10종에 대해 진도 사람들이 끊임없이
보전·전승한 결과, 진도의 강강술래, 아리랑, 농악 등 3종이 세계에서도 유일무이하게 유
네스코 인류무형문화유산으로 이미 등록된 곳이다. 또한 진도의 상장례문화 3종세트(씻
김굿, 다시래기, 만가)도 현재 등록 신청중이다.

살인미소

음 - 2015년 9월 6일(양 10.18)이구나, 벌써

초승 녀석 눈웃음 치며 입꼬리 방긋 올리니
8월 한가위 넓적한 얼굴 금방 숨겠구나

마치 여섯 살 꼬마 아이처럼 싱글벙글
웃음보 쉴 새 없이 터트리니 정말 귀엽구나

서쪽 하늘 마지막 곤지낙조 잠들어
아직 깜깜하고 쓸쓸한 진도 가을밤인데
달 맑아 재롱떠니 별들도 하하 소리 내어 웃는구나

금

하늘금 없어
새들 훨훨 나네

바다금 없으니
물고기 대고 헤엄치네

땅금은 있어
사람들 모든 금에 갇혀 사네

금 없는 세상 되어야만
비로소 천국이리

이것이
우주 삼라만상 자연의 이치인걸

어여,
지구촌장 나타나
거미줄 같은 금 싹 지워다오

첨찰산 추정

운림산방 우게 첨찰산 가는 방죽에
파란 하늘과 흰 구름, 낙조숲 그늘
노빨간 가을풍경 허빡 담아 넘치네

첫사랑 향기인지, 단풍향인지
금새 취해 버려 쪽빛 물비늘은
샤르르 파르르 샤르르 파르르
투명 거미줄망 파장 울려 퍼지네

아! 이보다 애틋한 추정(秋情)있으려나

지쪽

지쪽은
전라도 사투리 깍두기다
왜 지쪽일까
갑자기 궁금하다
사전에도 사투리만 표시해
깍두기 찾아보니
무를 네모로 썰어
소금에 절인 후 고춧가루 등
갖은 양념 버무려 만든다
지쪽

땅 지(地) 발 족(足)의 지족일까
진도는 된발음이 아주 강해서
지족이 분명 지쪽 되었을 거다
우린
반찬으로 먹지만
땅의 발 육신을 머금은 셈이다

그래
우린 매번 흙을 벗 삼아
건강하게 사는가 보다

최후 만찬

땅 최고는 뭐요
진도 고춧무름이요
뜨끈한 흙탕물
한 수저 떠먹으면
육대주 바람 들어오요

바다 최고는요
진도 삶은 고동이요
식힌 물
한 사발 들이키면
오대양 파도 들어오요

이 둘이면
최후 만찬 족하요

꿈이라도 화연일세

1947년생 진도 출신 자운 곽의진 선생은
머리가 깨질 것 같은 신열과
끊임없이 솟아오르는 영감으로 화필 하나를 들고
19세기 문화의 중심부를 구름처럼 지나간
남종문인화의 큰 뿌리 예술가 소치(허유)의
묵향 예술 세계와 삶의 곡절을
'꿈이로다 화연일세' 소설로
정성껏 풀었다고 말씀하셨다네.
소설도 소설이지만 더욱 깜짝 놀란 것은
종잇장 곳곳마다 운림산방, 홍주, 구기자, 울돌목,
신비의 바닷길, 상여, 만가, 씻김굿,
대금산조 창시자 박종기, 진도낙조 등
진도의 보배들을 꿈처럼 빼곡히 다 그려 넣으셨다네.
이런 분은 일찍이 과거에도 미래에도
곽의진 한 분뿐이라고 세상에 알렸건만
2014년 5월 25일(음 4. 27) 68세 일기로
저 머나먼 남쪽 별나라로 여행 가셨다네.

떠나시기 직전 달 4 · 16 얼마나 충격이 크셨는지
어느 날 자운 선생은 내게
어린 꽃봉우리 단 한 송이 피울 수 있다면
내 죽어도 여한 없겠네 하시더니만……
전사 배중손 소설로 고려 진도인의
항몽 용장산성 전투 자긍심을 한껏 추켜올려주셨고
또 하나의 자존감 진도 벽파해전과 명량대첩을
특유의 감성적인 문체와 지성적인 표현의 문장으로
또 하나의 명작 탄생을 기대했건만……
책에 예쁘게 사인해 주신 기산심해(氣山心海)가
제게 주신 마지막 유언될 줄이야……
우리 의로운 진도인은
자운 당신을 영원히 기억하며
산과 같은 높은 기운,
바다와 같은 넓은 마음 '기산심해(氣山心海)'를
가슴 깊이 담겠노라.

2부
고여야만

단비

갈라진 땅에

촉촉촉
스며든다
쓱쓱쓱
파고든다

야! 왜 이제 왔어

곰곰이 생각해봐
장마 때 물키다고 했잖아

하기야 그랬었지

니 없으니까
참가치 알겠더라

가까이 있을 때 잘 할게

추석

고향 와 기쁨 잠시
금방 가 허전 썰물

전날은 우리집
당일은 처갓집
이제 수학공식이군

딸내미 없었다면
정작 추석 저녁
울 엄니 갈비살
한 가위질은 커녕
한 눈물 흘리시겠네

벌초

기억도 안 나지만
우리 아이들
내 배 밟고 장난치니
나 또한 그랬겠지

봉분 주변 풀 베다
아부지 머리부터
불룩배 올라타니
이제서야 재롱떠네
허허 웃으시군

고여야만

메마른 기다란 천
빗물 축축질질 적시니
땅도 왼물배 블룩해지겠구나

움푹 패인 곳곳에
물 더 고여야만
슬슬졸졸 흐르겠구나

아!
우리네 나눔도
뭔가를 그릇 가득
채우지 않으면
넘쳐날 수 없겠구나

이제껏 물 고이면
썩는 줄만 알고 살아온 나
정말 바보였구나

물

산골짜기 계곡물
물먼지 되더니
골따라
굴뚝 연기처럼
뭉글뭉글
피어오르니
구름뭉치
둥글둥글
춤을 추구나
이제껏 물로 태어나
청운의 꿈 찾았건만
다 부질없구나
살아왔던 길
한참 되돌아보니
왈칵 설움 북받쳐
구름 파싹 깨지더니
셀 수 없는 눈물들

바람에 휘날리어
땅에 젖어들구나
겨우 올라간 물
한나절도 못 돼
다시 빗물이로구나
물은 변한다해도
결국 물이구나
나도 이제는
물같이 살겠노라

설빙

우유 얼음조각 갈아
사발그릇 허빡 담으니
영락없이
허간 쌀가루 시루떡 같아
눈 침침한 할마니
노란 콩가루 헛쳤네
숟갈로 인절미 떠먹으니
금새 바닥 긁네

면서기 일생

머리 썩 안 좋은 놈
25세에
9급(행정서기보)으로 시작해
8급(행정서기) 다는데 2년
7급(행정주사보) 다는데 4년
6급(행정주사) 다는데 12년
5급(행정사무관) 다는데 15년
알아야 면장한다는 사무관 2년
총 35년 근무
60세 정년이라
이 면장은 그나마
관운(官運) 짱짱했네 그려

머리 꽤 좋은 놈
3년 쌈박하게
행정고시 패스하믄
5급 사무관인데

코트 정리

모처럼
물 먹인 테니스코트
다림질 봉사하는
울 회원님 멋져요

쇠바퀴 굴려 앞뒤로
수십 차례 왔다갔다
바닥 꽉꽉 눌러주니
반반해져 좋네요

한동안
푸석했던 붉은 얼굴
빤닥빤닥 싱긋 웃네요

부슬비

찌럭거려
밭일도
못하제

요 비는
낮잠 자기
딱 좋단께

한숨 잘까나

무소식

바람 불어 좋아라
너와 나
흔들흔들
입맞춤 얼마만인가

단비 내려 좋아라
땅과 냇천
꿀꺽꿀꺽
목축임 얼마만인가

아~~ 그래서
무소식 희소식 이랬구나

늘

땅위 하늘
늘 보지요

땅밑 마늘
늘 먹지요

늘
보고 먹어
소중함 모르나봐요

늘
곁에 있는 것들
생각하며 살래요

분수

니 먼저 올라와
내려올 때쯤
나도 따라 오르니

나 너 우리 함께
오르고 내리니

사랑 하트
자비 연꽃
모두 피어오르네

부챗바람

댓살에 딱 붙은 창호지
널 위아래로 손목 흔드니
금새 자연바람 스치구나

선풍기 에어컨에 밀려
찾는 이 별로 없더마는
니 자연스러워 난 좋구나

요즘 사람들
자꾸 손 까딱 안 하고
편함 찾으니 행복 못 느끼겠지

행복은 먼 곳에 있지 않고
바로 내 작은 손에 있구나

치열행복

그제
두루마기 종이에 홍조물 보인다
이게 뭐지

어제
종일 걱정태산에
인생 덧없다
치질? 대장암?

오늘
누군가에게 치부를 처음 보여야겠네
이곳 베개는 대각선으로 날 기다리고
벽에 달라붙은 무릎 배 쪽으로 쪼그리는
사진 보라며 그 자세 취하라 한다
유쾌하지 않은 막대카메라 쑤시고
돌리고 불과 이십여 초가 무지 길고
민망하기 그지없다

수고했어요 휴 –
마우스로 주홍빛 낙조를 가리키며
치열이네요 긁힌 것뿐이에요
참 행복한 단어일세 치열
거짓말처럼 공포감 물러가네

상이 닭

뿌석거리는 소리에 나와 보니
며칠 전부터 안 보이던 닭 발견

복부를 심하게 습격당했나
이젠 곪아 똥파리까지 붙어
눈은 땡글땡글 숨만 꼴깍꼴깍

어쩌지?
살릴 수도 없고
6 · 25 전쟁터 포탄소리
이상병 떠오르네

살려달라 하자니
소대원 목숨도 일촉즉발
눈물 글썽글썽 괜찮으니
얼른 가라 손짓하네

내 목숨 아까워
어쩔 수 없이 버리고
자리 뜨네

무와 배추

무
땅 좋아
흰 발 쑤욱 집어 넣은가
아무튼
지쪽 밥맛 땡긴다
그래서
무는 무수라네

배추
하늘 좋아
푸른 팔 활짝 펼치는가
어쨌든
김치 입맛 돋군다
그래서
김치는 금치라네

일회용 칫솔

쭈빗 튀어 올라온
고래심줄 한오라기

요리조리 용쓰며
뽑아봐도 소용없네

몇 달째 주인 찾다가
이제 지쳐 늙었나보다

하루살이 인생일지라도
푸른 약 칠하니 청춘일세

구름과 안개

구름
산 아래로
폴짝
뛰어내려 구르니
안개구나

안개
산 위로
훌쩍
기어올라 구르니
구름이구나

구름과 안개
한핏줄 형제인데
그 이름만 다를 뿐

흰안개
이슬 뿌리네
먹구름
비 내뱉네

입술

이 세상에서
누군가 매일 마시는 술중에
가장 맛있는 붉은 술은
뭘까요?
특히 총각들이 좋아하제

와인
보드카
진도홍주
댓잎술
……
아!
뽀뽀구만
낄낄낄

부부 랠리

자기야
볼 쳐줄 거야
그려
네트 넘어가소
차렷 경례

입맛에 맞게
조심스레 드리고
어설프게 올리고
연둣빛 넘나드네

발자국 스치는 소리에도
흙마당은 뿌듯해하고
귀뚜라미도 덩달아 웃어대네

이 지상에서
참 아름다운 풍경일세

홍당무

서쪽 흰 구름
잠에서 깨자마자
막 바닷물로
세면하고 나온
동쪽 햇님 보며
수줍어
얼굴 붉어지네

매일 보는데
웬 호들갑이냐

어젯밤 비바람에
지가 잠시 새색시 되었나보죠

다시 뽀얀 낯빛 찾아
아침 준비하네

아파트 CCTV

뻘간 수십 개 점박이 눈들
밤낮으로 우게서 째려보네

기계가 사람들의 자가용
살피다가 인간 감시하다니

사는 이들 일거수 일투족
계속 찍어보내 녹화하다니

이미 쇳조각들이 사람 지배하는
만화 같은 일 자주 벌어졌네

불쾌한 CCTV 없는 시골집으로
이제 가고 싶어라

점멸등 스위치

빨간 불 나이트 켜진 건가
볼 치는 소리 들린다

가마골 테니스장 마구 밟혀도
웃는 소리에 낄낄거린다

파란불 밤 열 시 되니 취침인가
귀뚜라미 소리는 더욱 커진다

먼지 쓸 필요 없는 흙마당도
귀뚤귀뚤 자장가에 이제 눕는다

금곡지정(金谷之情)

雙龍竝容分溫情(쌍용병용 분온정)
一水持流收金田(일수지류 수금전)

쌍용 서로 얼굴 부비며

따뜻한 정을 나누니

한줄기 물 끊임없이 흘러

황금들녘 거두구나

* 전남 강진 금곡사 입구 김삿갓 시비
雙岩竝起疑紛爭(쌍암병기 의분쟁)
一水中流解念心(일수중류 해념심)
양편에 바위 우뚝 솟아
서로 다투는 줄 알았더니
물줄기 한 가닥으로 흐르는 걸 보니
근심 사라지네

(김삿갓, 본명은 김병연, 1807~1863)

3부
뜽컬행복

백알

중국집 식당에서
고량주(高粱酒, 50%, 기장, 술) 시킬 때
흔히 "빼알주라" 한다

빼알은 중국말일까
네이버 검색하니 아니다
1948년 대경산업 고량주
상표 白蘭(백란, 흰 모란) 한자어 바로 아래
"백알"로 써 있었다네

사장님이 한자를 잘 몰랐는지
종업원이 白蘭(백 머시기) 뭣이다요 물어본께
백알이잖여 해브니
종업원은 우리 사장님 유식하니 당연히 맞겠지 하고
옥편(玉篇) 안 찾아보구
백알로 인쇄소에 넘겨블었을까

그때부터 "백알"하다
전라도는 특유의 된발음으로
빽알 되었는갑다

모순

이 창으로 말할 것 같으면 모든 걸 뚫으요
그런데 이 방패는 최고라 다 막지요
모순 장사꾼은 믿는 사람들 다 바보라며
혼자 속으로 낄낄대네

곽에다 흡연은 폐암 등 질병의 원인!
발암성 물질인 나프틸아민, 니켈, 벤젠, 비닐 크롤라이드,
비소, 카드뮴 들었소 하면서도
금연상담전화 1544 - 9030 내걸고
한국담배인삼공사만 독점판매한다네
요렇게 해로우면 차라리 맨들지나 말고
세금 부족분은 돈 많이 버는 대기업 제품에다
허빡 매기제

이 세상 나서 돈 꽤나 만질라면 필히 모순하세나

자리

민을 위한답시고 윗자리만 넘보는데
자리역할은 하는지 차분히 생각하세

돗자리 펴야만 밥도 먹고
잠자리 깔아야 잠도 자고
묏자리 파야만 흙에 가듯
모든 자리 소중하다네

가면 쓰고 자기 배 실컷 채우고
금뺏지 자랑질, 이제 그만 두세

당신들 배 터져 두드릴 때
서민들 배 곯아 디진다네

어떤 봉사자리 차짐하려거든
그만한 대접일랑 되는가 살피세

뜽컬행복

저 멀리 있는 게 아니었어
아주 가찹게……
이 작은 것에 만족하는
단지 내 마음인 걸

당장 꼭 필요해 찾다찾다
막 찾아 주어 담는 순간
보조개 씨익
밀물웃음 허빡 차브네

불 땔 뜽컬나무 한아름
와이리 좋노
자,
화로 옆에
뒹구는 낙엽부터 피워볼까

노올세

팔십 평생
딱 반 불혹되니
백설 퍼얼펄 요란하니
달빛 희고
눈빛 희니
온 세상 은빛
반~짝 반~짝
백발 숯덩이 어려워라
어허 세상 벗님네들
다시 오지 않을 오늘
이 시간 거드렁거리고
중모리 12장단에 노올세

합궁따 – 궁따따따 – 궁궁각! 궁궁궁!

사철가 진리

나도 어제 청춘일러니
오늘 백발 한심하지라

국곡투식 절대 안 돼
부모님께 효도하고
형제화목 하게 되믄
저승사자 볼 일 없단께

얼매나 하기 어려우믄
조상대대로 내려와도
심신 따로 시방 후회지라

우리 노래 속담 속에
불멸의 진리 수북해도
영수 과목 매달리다
참 인생 거작 흘린단께

못된 짓 안한 벗님네들
한 잔 한 잔 더 먹소
인자 그만 먹게 함시롱
거드렁거리고 놀아보지라

자이로스핀

원반 빙 돌며
미끄럼 그네 탄다
웃는 소린지
죽는 소린지
빙빙 돌고도니
정말 돌겠구나

눈 감아도 무서워
소리 발악 질러도
지옥 따로 없네
이제 멈춰 서니
바로 천당일세

* 자이로스핀 : 회오리치며 상승했다가 급강하를 반복하여 지옥을 떠올리게 하는 놀이기구

자이로드롭

초꽂이 촛농받침대
제자리로 스륵 오른다

한숨 질게 고르더시
순간 푸욱 떨어진다

미쳐버린 비명소리
석촌호수 찢어진다

*자이로드롭 : 중앙 기둥을 둘러싼 의자들에 앉아 꼭대기까지 갔다가 떨어지는 놀이기구로
떨어질 때 석촌호수를 찢어버릴 듯한 괴성이 절로 나온다

달님

그저 일 년 열두 달
내 눈 안 멀어서 멍하니
달만 보아도 그저 축복이요

갓 난 초승달 예쁜 눈썹 본 듯해 좋고
닷새 더 도톰한 살인미소 달이라 좋고
여드레 반달 콧선 옆모습 보기 좋소

이리 뜬금없이 보름달 보여주니
가슴 두근두근 괜히 떨리네요

저 멀리 떠있어도 구름 가려도
언젠가 볼 수 있어 행복하다요

삼족오(三足烏)

태양에서 산다는 전설의 새
세 발 가진 까만 봉황의 의미?

광 · 온 · 성 이래요

광(光), 어둠을 밝혀주고
온(溫), 추위를 물리치고
성(成), 만사형통을 뜻하죠

기원전 2333년 개천건국
우리 민족의 시조 단군
고조선의 나라 상징이래요

과속 방지턱

용두리 소비자조합
네거리 입구자로
눈 가리고 아웅하는
플라스틱 고개 있네

짜깐한 차바퀴로
한 고개 두 고개
쿵쾅 넘어설 때
허리 삐긋 해블겠네

큰 차만 타고 다닌 분이
턱 높이 규정 10cm로
맨들었는지 몰라도
3~4cm 낮추면 딱 맞겄소

진도초 진입로에는
20미터 우둘뚜둘한

점토벽돌로 반반하게
과속방지와 충격완화
두 마리 토끼 다 잡았던데

돈 더 들어가도
제발 임시방편 말구
제대로 했으면 정말 좋겠네

환풍기

동쪽으로 입들 아악
바람 부니 시계 방향
빙빙빙 돌고도네

아파트 안 잡공기
동풍 지나가니
서쪽으로 뱉어내네

서풍 불어도 입 다물어
통 안 돌겠네
집들 동남향이니
그리했겠군

남의 말
잘 귀담지 않으니
마이동풍 황제일세

숯불 낙조

안개 해무
비구름에
낙조 못 볼 때
어찌 볼 수 있는거

화로에
장작 담아
피워 보세나

타
달아올라
이글거려
숨 죽이다
재 되네

냉갈 구름이요
낸내 자연내요
숯불 낙조다네

인생낙일

돌담벽 푸른잎 총 24,820개라면
주홍 물결 벽화 출렁이다
2015년 10월 22일 16,425개 떠나고
이제 8,395개는 내일 기다리며
더 화려하게 낙조 닮아 가네

내 목표나이 68세라 세상에 고했는데
오늘까지 45년×365 = 16,425일
어느새 다 까먹고 지나쳐 버렸네
운수대통 총 23년 하느님 더 허락하시면
23×365일 = 8,395일 감사하겠네

모두에게 공평한 하루 24시간
일어나 씻고 운동하고 아침 먹고
차 타고 오전 3시간 일하고
점심 먹고 오후 5시간 일하고
차 타고 저녁 먹고 놀고 쉬고

자기를 반복하네
노동 8시간, 수면 6시간, 식사 3시간
운동 3시간, 승차 1시간, 세면 1시간
유흥 1시간 등 총 23시간 평일 고정
쓰니 고작 1시간 남네

1시간×365일＝365시간÷24시간＝15.2일
15.2일×23년＝350일이네요
다람쥐 쳇바퀴 돌 듯한 시간 제하고
나머지 곱하고 나누니
23년 더 산다 해도 별 게 없네
이처럼 시간 겁나 소중하니
헛반데 쓰는 시간 줄여야겠네

어울리는 곳으로

기적의 명량대첩
호국유적지 한복판
진도울돌목 녹진광장엔
통일기원국조단군상
농림부장관정시채공적비
성금비
효도권장비
화장실 등 5개 보이는데
딱히 어울리지 않네

내가 볼 땐
이 동상, 비석들, 화장실은
제법 어울리는 곳으로
이제라도 꼭 보내야만
그곳에서 더욱 빛나리라

이 울돌목 성지엔
이순신 장군의 벽파해전
명량대첩을 기린 키 11미터
진도 벽파진 이충무공전첩비
꼭 닮은 축소 전첩비를 세워서
진도인의 자긍심을 드높히면
제일 좋겠네

가을비

차 창문 열고
카뮤직 듣다
나도 모르게
잠이 들었네

얼마나 잤나
뺨에 물젖어
눈을 떠보니
가을비로구나

정신 차리리
요녀석 빗물
금새 멈추네

황홀한 낮빛
나풀거리던
능주골 단풍

머리 숙져서
다들 땅만 보네

너나 나나
마지막은
흙이로구나

다 떨어지기 전
바람 장단에
춤을 추세나
더 놀아보세

백화

햇님 기지개 으윽 펴니
구름판 얼음 녹듯
쩌억쩌억 갈라지네

아침 햇살 겁나 뜨거웠나
수억만 개 흰 꽃 날리니
드넓은 하늘 백화세상일세

저녁엔 보듬어 사랑하다
아침엔 찢어져 남남되다

흘러가는 구름세상이
스쳐가는 인생사일세

4부
녹슨 냉장고

녹슨 냉장고 · 1

2014년 4월 15일 밤 10시경
진도읍 가마골 동쪽 까끔 위로
별 하나 없이 혼자 외롭게 떠 있는 달을 보았다
축축한 구름 사이로 둥근 달님은
오늘따라 웬일인지는 모르지만
눈물 뚝뚝뚝 흘리며 무지 울고 있는 듯했다
왜 그럴까? 정말 답답하였다

몇 달째 통화를 못했던
서울에 사는 지인에게 오랜만에 전화를 드렸다
형! 지금 달님이 엄청 우는 듯해서
갑자기 형이 떠올라 전화했어요
별일 없지라 이런 저런 대화를 나눴다

그리고 집에 돌아와 보니
식탁 위에 놓여 있는 과자봉지를
두툼한 여행용 가방에

차곡차곡 챙기는 집사람과 작은애를 보았다
달디단 캔디 한 개 먹을 욕심에
미리 하나 맛을 보면 안 되겠냐? 했더니만
아빠, 밤 늦게 과자 드시면 몸에 안 좋죠
제가, 내일 제주도로 2박 3일 수학여행을 가는데
뭣 없으세요?
잘 안 웃던 미소까지 지어 보였다

응, 드려야제, 아빠가 특별히 용돈 삼만 냥 줄 테니까
하루에 만 냥씩 쓰고 잘 놀다 오니라
내일 일찍 배를 탈려면
오늘은 일찍하니 자거라 하고
나도 곧바로 잠이 들었다

Rusted Refrigerator · 1

On April 15th, 2014 at around 10:00 PM,

In the eastern side of Jindo's Gamagol Village,

with not a star in the sky, I spied the lonely moon hanging above

Betwixt the low hanging clouds, O' spherical moon

We can't know what will happen today

Tears streamed down, I was crying for no reason.

What was that feeling? It was so oppressive.

The friend in Seoul whom I couldn't call for several months

called me out of the blue.

My friend! It seems as though the moon is truly crying today.

Suddenly I thought of you and I called.

Talking of nothing important, just exchanging pleasant

conversation.

And upon returning home my wife and youngest child,

with a massive, carefully packed travel bag, spied the candy

wrapper I had left on the table.

And when I asked 'Is it so wrong to try just one in my craving for

something sweet?'

My child replied 'Dad, you know eating candy late at night isn't

good for you.'

Dad, you know I'm going to Jeju Island for 3 days and 2 nights,

aren't you forgetting something?

And flashed me a rare smile.

'Yeah, and you'd better get me something, since I'm gonna give

you 30 dollars for pocket money.'

10 dollars a day to play on till you come back home.

Since you're gonna being taking the boat early tomorrow morning,

You'd better get to bed early tonight

And I went straight to bed as well.

녹슨 냉장고 · 2

다음 날 4월 16일
아침 해도 변함없이 산마루 위로 방긋 웃으며 나왔다
나도 여느 날처럼 다람쥐 쳇바퀴 돌 듯
출근해 컴퓨터를 켜고 일을 보고 있었다

갑자기 동료 여직원이 불러댄다
핸드폰을 막 닫는 빨갛게 상기된 얼굴로 쳐다본다
혹시 작은애가 진도중 2학년 아니세요?
오늘 제주로 수학여행 갔죠
지금 읍내 목욕탕에서는 아줌마들이 목욕하다 말고
학교로 전화 걸고 난리 났대요

왜? 하며 깜짝 놀라 물으니
저도 방금 들었는데요
오늘 수학여행 가는 학생들을 싣고 떠난
진도여객선이 방금 조도면 동거차도 근방 바다에
침몰하고 있대요

진도가 무슨 여객선이 있어?
시큰둥하게 물었더니 고개를 갸웃했다
제가 TV 얼른 켜 볼게요
재빨리 리모콘을 찾아
사무실 벽에 걸린 TV를 확 켰다

Rusted Refrigerator · 2

The day after the 16th of April.

The unchanging morning sun came grinning up over the mountain ridge.

And I as well, just as any other day, was running about like a hamster in a wheel.

Upon arriving at work, I turned on my computer and began my work.

Suddenly one of my female coworkers shouted out

She snapped her phone closed, her face flushed as she shouted

Isn't your youngest a sophomore at Jindo High School?

Didn't she go to Jeju Island today on her school trip?

Right now all of the mom's down at the spa are talking

They got some phone call from the school and are freaking out.

I asked "Why?" anxiously.

I just heard it a moment ago.

This morning the sophomores showered and departed

But just a moment ago a ferry from Jindo started to sink off of Dong – geocha Island in Jodo County.

'Which ferry from Jindo?'

I asked, emotionlessly, but she just shook her head.

"I'll turn on the news."

"Hurry, find the remote."

And the TV on the wall of the office snapped on.

녹슨 냉장고 · 3

난 갑자기 멍해졌다.
해남 우수영에서 떠난 배가
얼추 그 시간대에 그 정도 갔겠고
진도 여객선이라니
내 머리카락들은 일제히 **빳빳히** 서 버렸다
이 일을 어쩐다냐
고향 지산면 세포마을에서
낚싯배를 갖고 있는 친구 녀석에게
전화를 걸어 당장 현장으로 급히 달려가
내 아이를 내 손으로 구해야겠다는 생각만 들었다
뉴스 속보는 아주 긴박하고 다급했다
푸른 바다에 떠 있는 커다란 배는
비스듬히 옆으로 누워 있었다.
TV 화면 하단부에 자막 한 줄이 빠르게 흐르고 있었다
안산 단원고 수학여행……
순간 빳빳해져던 머리카락은 다시 제자리로……

아침 해가 창창한 오전 시간 때이고,
배가 엄청나게 크니까
구조선이 도착해 그 배랑 연결해 묶어 두면
침몰도 지연되고
그 사이에 전원 다 구조되리라 나름 판단을 했었다
사람들 목숨만 다 구하면 대성공이지
TV 앞에서 안절부절 서성거렸다
바지 주머니 속에 핸드폰 진동이 거칠게 울어댔다
그래도 불안한 마음에 떨리는 손으로 받았더니
여보! 진도중 학생들은 아니라네요
아주 짧은 시간에 생지옥에 몇 번씩이나 들어갔다
막바로 천당에 나온 기분이 들었다

Rusted Refrigerator · 3

I was suddenly in a daze.

Around the same time the boat from Haenam WooSooyoung was out in the ocean.

Upon hearing "The ferry from Jindo" all of my hair stood on end. Was this just by chance?

I made a call to a friend in Jisan who ran a fishing boat in Saepo village and rushed to the scene.

The only thought I had was that I needed to save my child with my own hands.

The News said the situation was critical.

That massive boat was tilted and laying on its side out in the clear blue ocean.

The captions at the bottom of the TV screen were swiftly streaming by AnSan Danwon High School

My momentarily uplifted hair fell back into place.

It was the time of morning where the sun was bright and because the boat was so big the rescue boats arrived and had to try to keep the ferry from sinking.

In the mean – time rescuers were determined to save all of the passengers.

If we could just have saved the passengers it would have been a great victory.

I paced frantically in front of the TV.

Suddenly my phone, deep in my pants pocket, rang loudly.

I answered with an uneasy mind and shaking hands.

Honey! They say it's not the kids from Jindo Middle School!

For a few minutes I had been in hell.

But then was lifted up to heaven.

녹슨 냉장고 · 4

속보는 계속되고 출렁이는 파도를 맞서
조도면 진도아리랑호, 양식 선외기,
낚시배 등의 구조 장면도
매우 급박하게 보였는데 전원 구조될 것이라
뉴스에 그나마 한숨을 놓았다
정말 다행이구나,
맑은 푸른 하늘을 바라보며 감사한 마음을 올렸다

하지만, 시간은 흘러 흘러 꽤 흘러가도
구조된 인원수는 삼분의 일 가량이고
5층 높이의 큰 여객선에 몇 명이나 승선했는지
선체 밖으로 못 빠져나온 인원수는
몇 명인지도 정확히 모른다는
뉴스 보도는 한심하기 그지없어 보였다
중앙 긴급대책본부의 발표도 오락가락 해 버려
마치 점점 짙어 가는 안개 회오리속 블랙홀로
아주 깊숙이 빠져들고 있는 듯했다

그 당시 내가 근무했던 지산면사무소는
임회면 팽목항까지 불과 25여분 거리에 있어
답답한 나머지, 현장으로 차를 쌩쌩 몰고 나가 보았다.
벌써 방송사 취재차량 수십 대와
수많은 사람들 북적거렸고
조도면 서거차도로 1차 구조됐던 승객들이
서진도농협 여객선 배로 옮겨 타서
팽목항에 뱃머리를 대고 구조 승객들은
차례차례 조심스레 나오는데
각자 담요를 걸치고 있었다

모두 다 배 밖으로 나와 많은 어선들에 구조돼
이 섬 저 섬 많은 섬에 뿔뿔이 흩어져 있기를
간절히 기도했다.
그러나 구조된 승객은
두셋 차례 열댓 명씩 들어오더니만
그 이후 아무도 영영 돌아오지 않았다

Rusted Refrigerator · 4

The new kept rushing in and the waves kept crashing
The Jindo Arirang Ferry, hailing out of Jindo, model unknown;
rescue efforts being made by nearby fishing boats.
The situation looked grim but they thought they could save all the
passengers. All of us left out a sigh of relief.
It was such good news; looking at the clear blue sky, I was grateful.
But, time kept running on, and on, and on, but still only about a
third of the passengers had been rescued.
How many people might be on this massive 5 story ferry?
In addition, it was impossible to know how many people had failed
to get out of the boat.
The News coverage made it look impossibly bleak.
The Central Center for Emergency's Announcements just went
back and forth.
As if we were being sucked into the furthest recesses of a raging
black hole hidden within a gathering fog
It only takes a little over 25 minutes to get from the JisanMyeon
Office where I used to work to Imhoe City's Paengmok Harbor.
I raced over to the scene; all of the time in the car was oppressive.
Already dozens of reports were on scene along with a huge crowd

of on – lookers

The survivors were being taken to Jodo county's Seogeocha Island.

Riding on the Seojindo Nonghyeop Ferry

The bow pulling into Paengmok Harbor and the survivors

Filling cautiously one by one out of the boat, each wrapped in a blanket.

We all hoped that all of the passengers who made it outside of the ferry itself would be picked up by local fishing boats and dropped off at one of the many islands in the area.

But the survivors showed up in twos and threes, no more than a dozen at a time

And after that, no one was ever brought back.

녹슨 냉장고 · 5

다음날부터 나는 석달 보름 동안 팽목항 인근에 설치된
유류품 보관소로 배치되어 24시간 철야 근무를 하였다
이 보관소 컨테이너는 임시 안치소 바로 옆에
불쌍하게 늘 서 있었고 세월호 선체 위로 떠오른
승객들의 소지품과 배 비품 등을
해경·해군에서 수집해 우리 쪽으로 인계인수 절차를 걸쳐
보관·관리하는 곳이었다
연일 전 방송사에서 수백 차례나 보도됐던 진도 여객선은
며칠이 지나서야 진도군의 항의 요청에 따라 겨우
세월호 여객선으로 바뀌는 어처구니 없는 일(항공사 비행기
가 진도로 추락하면 진도항공기?)도 벌어졌다
이제 구조 인원수도 172명으로 완전 멈춰 버리고
실종자수 304명은 단 한 명의 생존자도 없이
비참하게도 연일 3~5명의 사망자수는
최종 295명으로 바뀌어 버렸고
실종자 9명은 아직도 미수습자로 남아 있다
임시 안치소는 설움에 북받친 가족들의

한맺힌 눈물 통곡소리에
잿빛 여름 하늘을 찔러 눈물비가 하염없이 흘렀고
내 가슴도 갈기갈기 찢어졌다
이곳은 바로 생지옥이었다
왜 빠른 헬기는 환자 몇 명의 수송에
요란스레 매달리고
정작 많은 승객을 구조할 수 있는 특수대원을
단 한 명도 급파하지 못했을까?
해상사고는 배로만 해결하려 했던가?
상식적으로 도저히 이해할 수 없었다.
그 급박한 상황에서 영화처럼
몇 대의 헬기를 동원해 침몰하는 선체 반대편에서
로프로 여객선을 묶어 지탱하면서 일사분란하게
구조작전을 펼쳤더라면 전원 살렸을 것을
침몰 직전 마지막 보이는 선체 꼬랑지에서
구조원 한 명이
철기시대 짜구 같은 걸로 따당따당했던 최후의 모습은
우리 구조상황의 현주소를 여실하게 보여줘
신경질 나고 참담하였다
내가 신이 아닌 게 후회스러웠다
하느님이었으면 내 손으로 전부 다 구했을 것을……

Rusted Refrigerator · 5

From the day after it happened for about 100 days, I was in the area
around Paengmok Harbor working 24 – 7 at the newly set up
Artifacts Archive.

The archive containers were sitting right next to that sad final resting
place

As the belongings of the Saewol Ferry Passengers along with pieces
of the boat were pulled out of the water the Marines would collect
them and bring them to us

Our facility was the place they were being cared for and stored.

The broadcast companies were continually broadcasting about the
ferry. Asking how many days would have to pass before the
citizens of Jindo's demands regarding information about why this
had happened and what would be done about it were met.

At that point, only 172 people had been saved.

Out of the remaining 304 missing persons only a few more were
ever rescued; meaning that in the end 295 people were lost.

Even now 9 bodies have never been found.

At this, their place of rest, at the sound of their families' mourning
tears the grey summer sky is pierced as rain like tear drops flows
down vacantly

And my heart too, is torn to pieces.

This place is truly hell on earth.

Why, when there were so many victims crying to be rescued, couldn't helicopters and the special forces rush in to save even just one more?

Did they think that since it was an accident at sea they should only use boats?

There is no sensible way to understand their actions.

Just like in the movies, helicopters could have used ropes to pull that sinking ship up out of the water.

And as they held it afloat if only the rescue crews had spread out more, and if at the brink of the boat going under, one of the rescuers had stood on the end of the boat and like someone out of the bronze age, beat the hull, then it would have more perfectly displayed our desire to save them.

I regret that I am not a god.

If I had been a god, I would have scooped them all up in my hand⋯.

녹슨 냉장고 · 6

인천을 출발해 제주도로 가기 위해 세월호에 탔던
그 수많은 사람과 어린 학생들이
마지막 입었던 빛바랜 구명의가
보관소로 차곡차곡 피눈물로 쌓여 갔다
모두 다 제조연월은? '1994' 라고 하얗게 찍혀 있었다
단원고 2학년 학생들의 나이보다 3살이나 더 많은
만 20세의 구명의가 갑자기 빨간 수의로 보였다.
그 순간, 북받쳤던 그 서런 감정을,
진도에 살고 있는 진도인으로서
반드시 기록으로 남겨둬야 할 책무감이 들어
급히 메모장에 숨가쁘게 적었다

   '사랑해요 엄마아빠'

   여러분 기다리세요
   구명조끼 입으시고 선실 안에 있으면 안전하니
   기다려요 기다려요 기다려요 한없이 메아리쳤어요

양치기 소년 벌써 어른 돼 악마호의 저승사자 된 줄
정말 꿈에도 몰랐어요
전 바보 바보였나봐요
딱 두 번까지만 믿고 속고
세 번째는 절대 안 속았어야 했는데
4·16 새아침
금빛 햇님도 우릴 엄청 반겼었는데
은빛 파도도 밤새 지쳐 자고 있었는데
저보다 세 살이나 더 많이 먹은
연빨간 스무 살 구명의가 수의 될 줄 누가 알았겠어요.
죄송해요, 용서해요, 어릴 적 양치기 소년 이솝우화
수백 번씩 읽어 주셨는데, 제가 깜박 잊고 살았나봐요
이제 눈물 거두세요, 엄마아빠 씩씩해야죠
저는 우리 2학년 수많은 친구들이랑
흰 파도 돼 세계 여행 떠났어요
엄마아빠, 바람 일면 언제든 달려갈께요.
오늘처럼 비 부르르 스르르 떨며 오는 날이면
우산 쓰지 마세요
엄마아빠의 품속에 쏘옥 들어갈께요
사랑해요, 엄마아빠!

Rusted Refrigerator · 6

All of the many students and people who took Saewol Ferry from
Incheon to Jeju Island
The last things they wore faded and neatly piled in the archives
through our tears and blood.
Every last one stamped with the date 1994 in white.
The rescuers, many only 3 years older than the Danwon High
School Sophomores willingly went. That moment, that rush of
anguish will forever be written in the hearts of the citizens of Jindo
like a frantically written memo of our responsibility.
I love you, Mom and Dad
Everyone, please wait.
Please put on your life vest and wait safely in your rooms.
Wait. Wait. Wait. An endless echo.
The children quickly become adults and suffer things they could
never dream of, this ferry has become like the grim reaper.
I'm nuts. I must have been nuts.
To be tricked two times is one thing, but I should not have allowed
myself to be tricked the third time.
April 16th, a new morning.
The golden sun greeted us, the silver waves had slept all through

the night,

Who would have known that the rescuers would be 20 year olds,

no more than 3 years older than me?

I'm sorry, I forgive you. You used to read us Aesop's Fables over

and over again, but it seems that I've forgotten them all.

Please don't cry, Mom, Dad, you've got to be brave.

Me and all of my sophomore friends will become waves and travel

the world.

Mom, Dad, if I become the wind, I'll always run to you.

So on blustery rainy days like today

don't use an umbrella.

I'll climb right into your hearts, Mom and Dad.

I love you, Mom and Dad.

녹슨 냉장고 · 7

근무한 지 석 달이 지나고 백 일째 되던 날
보관소로 녹슨 냉장고 하나가 들어왔다
그것을 보는 순간
흰 냉장고가 아닌 수많은 사람들의 백골로 느껴졌다
또 다시 내 눈 언저리가 축축해졌다
다시 한 번 메모장을 꺼내들었다

　'녹슨 냉장고'

　저 쇳덩이 맹골수도(孟骨水道) 백여 일

　거친 물결에 망가지고 녹슬었네

　내 새끼 몸뚱아리 주검되어

　살점 다 해져 백골만 떠돌겠네

　어찌하리 어찌하리 어찌하리

　내 몸 죽어 니 살 수만 있다면

　백 번 천 번 바닷물에 내던질 것을

　미안하다 미안하다. 내 할 수 있는 일

팽목(彭木) 바닷물만 멍하니 바라볼 뿐
이 세상 원망하여라
저 세상 극락 가서 이제 행복하려므나
날 안 만났으면 이런 생지옥 없었을 것을……

Rusted Refrigerator · 7

It' d been about three months since I' d started working.

When they brought a rusted refrigerator to the archive.

As I looked at it,

Suddenly, it was not a white refrigerator, but the skeletons of

hundreds of people.

Yet again, my eyes got misty.

And again, I pulled out a notebook.

'Rusted Refrigerator'

That hunk of metal' s took a watery road of bones for

almost a hundred days.

As it passed through the waves it rusted and ruined.

My child' s body becomes a cadaver.

The flesh rots away leaving only bones.

What can be done? What can be done? What can be done?

Even if my body dies if only you could live one hundred, a

thousand times flinging things into the ocean.

I' m sorry, so sorry. All I can do is stare vacantly across the

waters of Paengmok ocean.

Resent this world.

Instead, go to the afterlife, where you can be happy.

Had you never met me, this living hell would not exist

녹슨 냉장고 · 8

요즘 별나라 우주 여행도
수시로 간다는데
배 인양 그게 뭣이 어려운지
감감 무소식이니 서글프다

진도 실내체육관에서 팽목항까지
흐드러지게 폈던 벚꽃 잎들도
벌써 두 해나 피고 지고
노랗게 물든 낙엽마저 다 떨어지고 있다

2015년 10월 16일 오늘도 역시
우리가 사는 지구의 바닷물은 계속해서 쓰고 드는데
진도섬 시계만은 2014년 4월 16일(음 3. 16)에
여전히 멈춰 있는 듯하다

하늘이여! 바다여! 구름이여! 파도여!
여지껏 구천(九泉)을 떠도는 304명
이들의 영혼을 굽어 살펴주소서……

Rusted Refrigerator · 8

In these days, when people frequently go to space

How was it so difficult to recover a boat?

It's been so long since I've been this sad.

From the Jindo city recreation center to Paengmok Harbor

The cherry blossoms are in full bloom

They've already blossomed and are fading.

Now they're turning yellow and falling to the ground.

Even today, October 16th 2015 the ocean keeps on pounding away
on this earth we live in.

But the island of Jindo seems to have stood still since that day, April
4th 2014.

Sky! Ocean! Clouds! Waves!

You must bear witness to those 304 people, now roaming the
heavens.

이종호시집

진도추천

1판 1쇄 인쇄 2016년 1월 15일
1판 1쇄 발행 2016년 1월 22일

지은이 | 이종호
펴낸이 | 정용철
펴낸곳 | 도서출판 북산
주소 | 135-840 서울시 강남구 역삼로 67길 20, 201호
등록 | 2010년 3월 10일 제206-92-49907호
전화 | 02-2267-7695 팩스 | 02-558-7695
홈페이지 | www.glmachum.com 이메일 | booksan25@naver.com

ISBN 979-11-85769-03-5 03810